Laoshan Daiyue Ji

# 崂山戴月集

马红达　著

中国海洋大学出版社
·青岛·

**图书在版编目(CIP)数据**

崂山戴月集 / 马红达著.—青岛:中国海洋大学
出版社,2019.10

ISBN 978-7-5670-2430-4

Ⅰ.①崂… Ⅱ.①马… Ⅲ.①诗词—作品集—中国—
当代 Ⅳ.①I227

中国版本图书馆 CIP 数据核字(2019)第 221138 号

| | |
|---|---|
| **出版发行** | 中国海洋大学出版社 |
| **社 址** | 青岛市香港东路 23 号 邮政编码 266071 |
| **出 版 人** | 杨立敏 |
| **网 址** | http://pub.ouc.edu.cn |
| **电子信箱** | cbsebs@ouc.edu.cn |
| **订购电话** | 0532—82032573(传真) |
| **责任编辑** | 纪丽真 电 话 0532—85902533 |
| **印 制** | 青岛正商印刷有限公司 |
| **版 次** | 2019 年 10 月第 1 版 |
| **印 次** | 2019 年 10 月第 1 次印刷 |
| **成品尺寸** | 140 mm×203 mm |
| **印 张** | 8 |
| **字 数** | 150 千 |
| **印 数** | 1～1000 |
| **定 价** | 39.00 元 |

发现印装质量问题,请致电 18661627679,由印刷厂负责调换。

# 自序

心,来自大地
思想,来自天空
我且安住

文字,飞舞的雪
诗,吟唱的风

人生很神奇
承载了未来与过去
但,回首时
一切将存于
镜花,水月的疆域

无论是否愿意
世事在玩着
时隐,时浮现的把戏
并以有无的模式
游荡在既拥挤
又空旷的,人心里

快乐，痛苦

拥在调色板上

只是众颜料的两种

笔稍稍一动

情形就会不同

白会变黑

黑也可以变红

只要耐心

再乏味的人生

仍可涂出风雨彩虹


童年仅有的玩具，是爸爸送的一盒字块，它每天被我摆来摆去。时间一长，就变成了，我喜爱的游戏。

童年的我，也喜爱月亮，她时而朦胧，时而清晰，时而神秘……让人着迷。

长大了，儿时的游戏还在继续，只不过是把字块换成了石头、花，或是纸和笔。我用它们摆出月亮的朦胧、清晰、神秘；摆出我的心情；摆出世界在我心中的样子。

# 目录

第三篇　戴月・圆

## 第四篇  戴月·返

第五篇　戴月·远

第六篇　戴月·韵

# 第一篇　戴月·升

春雨禾苗

小时书少
爸爸的故事便是
我的养料
像春雨润泽禾苗

他讲，神鬼狐仙
讲，列子史传
故事变成了
耀眼的，梦想光线

后来，那些故事
在某一天
飘进了蝴蝶的翅膀中
化作万千，美妙的图案

从小，我很能干
不是乖巧
更不是恶逸好劳
因为爸爸曾说
他不能弯腰
要么，好听的故事
会从嗓子跳出，逃跑

糖果，可以不要
干活的事也小
痴迷着鲜活的故事
故事，是飞船
可以带我，走进
缤纷的，时空隧道

大
书
包

上学了
我有了个大大的书包
背起它
盖上了我的腿和腰

它右边的角上有张嘴
常哼唱着歌谣

我不往里放书
因为,它会给书安上脚
会领着书
在它的世界乱跳

我也不往里放笔
因为,笔进去
铁定找不到
它会帮着笔逃之夭夭

它喜欢玩耍
一次,人家给些红杏

我交它保管
它调皮，引红杏溜掉
快乐的红杏
得以逍遥，大书包
却在我身后，坏坏地笑

亮色童年

童年，是本厚厚的书
里面没有文字
通篇都是，亮色的白纸

每当，翻开时
我就用眼睛
蘸着，天地初心的本色
一页，一页地涂

快乐时，就邀请彩虹
忧伤时，就挂一帘青墨

读后，风露自然会来
亲吻，清洗
翻过的纸页通篇又变回了
白白的亮色

弯曲的房脊

不论再过多少年
我第一次容身的房脊
都不会忘记

它弯弯曲曲
有如一条长龙
安静地浅藏在心底

想家时
它会从我心底飞出
再钻进思绪

搅动秋水一池
和我一起回忆，相思

梦回南山头

在她怀里出生
仍留有最初的气息

从前简单
听故事,做梦
山里游荡

一日,有片鸟儿般的云
魅惑着,飘过
转又向远方飞去
顿时,我的欲望被勾起

爱上云的轻盈,飘逸
我满世界的寻觅

云散云聚,云涌风起
追云? 追梦?
耗费了,半生气力

已身心俱疲,想起
梦马,铁骑
可穿越,浩瀚的思绪

听到了,她大声呼唤
回来,我的孩子
我一直在原地,等你

(南山头:笔者出生地)

老井深情

曾将脸,贴在你的胸口
欣赏,那片属于你的天空

朵朵悠云,在胸前掠过
想知道,那里
是否还存有,儿时倒影

炎热的夏季
常靠在,你臂弯里

你吹,凉凉的风
我就做,无边的梦

忽有,脚步声
猜是,你的相知

听你心跳,扑通扑通
脸颊,印着绯红

爱在眼波间传递
微风是,你们的丝语

别离时,泪湿衣襟
井边留下,簇簇新绿

故乡的河

她带着我童年的梦
和岁月一起流过

她把春雨揽入怀中
亲吻，拉着夏蛙秋虫
唱属于山里的歌

冬日下，她的目光
晶莹闪烁，亦如
繁星，汇入了汉河

千万里跋涉
她就在我身旁
为我哼唱温柔的歌

北方的冬天

北方，冬天很冷
一出门去
脸和手就冻得通红
冷，对穿着棉鞋的脚
也毫不留情

北方，冬天很冷
可村子里的孩子们
每人衣袖里
都藏着一团火
烧得去堆雪、玩冰

北方，冬天很冷
白雪覆盖山野
麻雀没粮
就躲在人的院落里
觅食、避风

北方，冬天很冷
房檐下的冰溜

个个被冻成锥形
它试图,刺破寒冷
阳光来了,就流泪感动

北方,冬天很冷
冻僵的雪花,已化作星星
至今还在
呵护着,儿时的梦

和
鸣

一阵风
五十年,消散了
可时空光影中
还留着,抹不去的
校园里的情形

那天
下着不大的雨
仔细看,仔细听
教室里
有蚊蝇般的低语声
白色的教鞭,划破虚空

雨点儿,偷偷向里瞅
里面众多个,眼睛
渴望掀翻囚辙,踩倒泥泞

一阵,急促铃响
一群小鸟,蜜蜂
倾巢出动,门里门外
是叽叽喳喳,嗡嗡的和鸣

回首童年

骑着青骢马
扬起皮鞭，去那儿
那儿是开着花的水岸
我童年的家

那儿不远，却无法到达
转了又转
没见水，也未见水岸
到处开着野花

任由马蹄儿，嗒嗒
仍走不回，童年的家

相遇在童话里
我是公主,没有王子
你背着我,任我顽皮
只是微笑,会意

你悄悄离开时
天开始下雨
雨滴,告诉我
你是飞回了天际

星群是你的眼睛
云影是你的身姿
我看见了
那个只笑不语的你

向外生花

桦皮厂镇，曾有
我童年的家
清宫的桦皮画
只剩下有据可查

镇上缺水
缸里是泛黄的泥沙
房间里简陋昏暗
我心每每向外生花

爱，嵌入追忆的流云
梦回时
小伙伴相约出发
每个，上学的早晨
院门外，总会有
几个同学，在那等候

都说，不急
眼睛却掉进，大门里
肯定急
但没一句，急的话语

交响曲

从前,家的院子里
像个集市
鸭子总说,口渴
转身又有鸡叫,喊饿
胖猪哼着,不搭调的小曲

我硬着头皮
搅拌糠菜,给它们送去

看上去我很淡定
可手里叮当乱响的风车
泄露了我的,不愿意

炉灶窥到了,我的心思
时常伸出火舌,打出喷嚏
烧焦几根头发
撩黑我的脸和鼻子

只有,家里的闹钟
一如既往的好

早晨它咚,咚,咚……
连续敲上七次
我拎起书包
一路小跑,扬长而去

## 妈妈的衬衫

那年，坐绿皮火车
车很慢，拥挤的人
把过道塞满
窗外的树一棵棵
向后倒下
车仍然是向前

一定是被窗外的影子
晃花了眼，我想找娘
一件碎格子的衬衫
我熟悉，那人满是笑意

我张开手臂
那人却羞红了脸
有片刻犹豫
还是伸手把我揽入怀间

火车刚停下
怎又见
同样熟悉的衬衫

伸手抱我过去
我目光狐疑
这事再想起时
已是，廉颇老矣

搪瓷杯

小时候听，妈妈说
搪瓷杯的水甜
一天，趁家人不在
拿起搪瓷杯
里外，端详了半天

白色的杯身上
有些图案，露出许多
斑驳的黑点
杯边还有一圈，黑线

低头，用舌头舔舔
杯子不甜
我又倒点水进去
再尝尝
水也一点都不甜

我眯起，智慧的双眼
想它，是破了皮的
"糖衣炮弹"

秋天真好

秋天真好，大片农田
太阳给粮食
披上了，金缕外套
沉沉地压弯，它们的腰

棕色的草籽自命清高
仰着脖子冷笑
说，秋天有什么好

河沟里的小鱼听见
气得，尾巴乱摇
说草籽，胡说八道

这一切被我看在眼里
快跑回家找哥哥
提着水桶
拎着麻袋和剪刀

捞出，摇尾巴的鱼
放入桶，再把

成熟的草籽统统剪掉
忙完才发现
战利品,好大一包

我们拖着袋了,抬着水桶
兴高采烈,往家跑
稻穗还在原地,弯着腰笑

到了家
鸡和鸭抢着吃香甜的草籽
妈妈低头看着鱼儿
大家都说,秋天真好

聪明的二哥

我的二哥
整天都乐乐呵呵
兄妹中,属他能淘气
可每次妈妈要揍他
他就会飞快地逃离

我的二哥
是兄妹中,最聪明的那个
有天,他偷吃东西
让我别说,还许了报酬
说比一毛钱还多

我真个没说,几天后
问二哥要钱,他拉着我
指着酸菜缸说
两个五分的硬币
就掉在了,这个大缸里

东北的酸菜缸很大
上边有块大石头

不知吃完,是啥个时候

从那以后
路过酸菜缸,我会瞅瞅
想那硬币,怎么
就能掉进去
也猜想
硬币是不是,真的在那里

你的漂亮是我的绝望

家里原本，就我一个女孩
我的日子自由自在
大妹忽然出生
打碎了我，一地的公主梦

真是没了天理
她还长着，大大的眼睛
圆圆的小脸
如月儿般的，粉红

好看，我也忍了
可那一天
爸爸身子，刚刚要躺下
才八个月的她
竟然爬着，把枕头送上
爸爸高兴得，几乎要疯狂

看着大妹
这么小就，闪亮登场
我无助和惭愧
心里满是，长长的绝望

那年的秋阳，很亮
刚从山后爬出，就急匆匆地
跑到我家的炕上

它用温柔的手，轻轻抚摸
我小小的，小妹
那张，美丽的脸庞

它的手太热情
羞涩的小妹，红着脸转身
背对着它，望着墙

忽然，小妹发现
墙面有个影像，紧紧地
贴住土墙，小妹
要唤它下来，玩一会儿
可影像只是动，却不声不响

坐不大稳的小妹
伸出手指，抠墙

想她是，和影像游戏
忽见有块土，落在炕上

好奇的小妹，捡起土块
闻闻，味道很好
放在嘴里，嚼着很香
想是，秋阳送的礼物
她不愿与人分享
她就偷偷地抠着墙土
独自快乐地，品尝

星
星

约好，门口见
我扶着门，往外面看
它悄悄爬上房顶
喊着，要比我看得更远

说好，要看谁家的窗子
还闭着眼
再远看，有没有
爸爸，下班的身影

爸爸，会讲好多的故事
他的身影
是晃醒月亮的风铃

爸爸讲故事时
声音很小，担心
把宁静的夜色打扰

我很着急，问爸爸
星星离我们，太远

你小声,它怎会听到

忽有一缕风,穿透
窗纸缝,在我耳畔停下
说,快闭上眼
星星说,马上就到
它要带你去游,蓝色的梦

踏破铁鞋，来这
山坳里，草木巨多
几间房子，不大的院落
好熟悉，这我来过

叶子在风里婆娑
柔柔地说，思念
想起，就是这

我曾是一介村夫
在这耕耘，过活
临走时，忘了道别
就化作了云烟，尘土
欠下一次
拥抱，或是抚摸

草和树让风，寻我
千万里，回到这
想在云月下，听我详说
走后，所有的经过

# 东大河

东面的,大河
鱼少虾多
硕大的肥蚌
躲在软泥里快活

雨滴落在水中
片刻生出
会眨动的眼睛
它还经常派人
给孩子送去邀请

春天,让风送去邀请
嫩柳站在门口
吐出鹅黄色的笑容
弯下纤细的腰
献上柳笛,和声

夏天,让金蝉送去邀请
清凉就坐在,树下
吹弹着,蓝色的曲调

俯下身躯，在水里拥抱

秋天，让蝴蝶送去邀请
用各色叶子，做笔
在路上画出七彩的虹
端坐在水岸
一起用，波纹书写深情

冬天，让喜鹊送去邀请
天上的飞雪，赶来
冰面抛撒绒花
精灵般的枯草枝
伸出纤细的手指

爸爸的自行车

它没牙齿,从不响铃
脚是根滑滑的小铁棍
转动着,圆圆的眼睛

骑它背上玩耍
它嫌我太小,说不行
我很任性,命令它靠墙
它吓得,不敢出声

我小心,爬上座位
抓住两个手柄
一脚踢墙,一脚踩蹬
向前冲

我俩,常常同时
跌坐地上,互相端详

绿树隐映

红瓦，土墙

岁月在眼角的

褶皱里珍藏

和我的发小佳俊

赖在此地

偷窥着旧时光


抓起，磨黄的

羊旮旯哈

轻放在久远的

炕席上

见它焕发荣光

转眼间

又露出忧伤

它无法歌唱


沉睡的，针线筐

几本小人书

个个抱着肩膀

看似,已经老去
但投出的是
灵动的青春目光

剁菜的砍刀
披着,斑驳的锈袍
两根洗衣棒槌
躺在土炕头
享受阴凉

一把草籽剪刀
静静卧在木盒里
养着累弯的腰

袜底板身上
还留有细密针眼
炭火盆躲在
角落里
没有了从前的
热情与奔放

独自生悲，多些惆怅

旧物中徜徉
拥抱童年
拥抱旧时光

我俩商量
就睡老炕琴旁
枕着牡丹花枕
搭着凤凰被
去童年梦里飞翔

（旮旯哈：动物的膝盖关节骨，
是北方的孩子室内游戏所需
的材料）

邂逅昨夜

我多想，可以回去
想你，还没梳洗
北风总是调皮
偷偷撩你微亮的发丝
招摇着天际

在玻璃上
在冻僵的冰花缝隙里
我等你
取解除寒冷的钥匙

借着北风
借几缕，招摇的光
沿着，婉转的花路
想邂逅昨夜的秘密

聆听

一铺草席土炕
外婆倚窗
我靠她身旁
星光
从纸窗的缝隙
钻进屋里
和我一样
安静地听着
她讲神秘的月亮

大哥和大黑

小时的大哥
极尽"豪奢"
无论上学在家
都有狗狗大黑跟着

大哥很骄傲
走起路谁也不瞧
手里抱着篮球
又蹦又跳
大黑负责左瞅右瞄

大哥是外婆的宝贝
亲得又搂又抱
我和二哥在他面前
活像个受气包

大哥很仗义
对待大黑没了脾气
过年吃肉饺子
平日根本吃不起

大哥偷偷含在嘴里
转身就出门
谁都知道他十啥去
我和二哥都生气
人哥和大黑偷偷欢喜

# 第二篇　戴月·明

（本篇诗作均以我的孙女元宝的视角展开）

拉下太阳

幼儿园很远
在山的那边
奶奶第一次接我
她说这讨厌的车
小就算了
可恨它还又闷又热

骄阳西晒
让我
眼睛睁不开
我喊,奶奶快
找个绳子
我帮你
把太阳拉下来

公主范儿

傍晚
奶奶带我看海
小锹，小网趴在身旁

开始挖，金色沙洞
里面藏着蟹
再盖个沙房把石头装
几个男孩，没工具
偷笑，凑到我的领地

我耍起了公主脾气
离我远点，那边去

奶奶说，来的是王子
你是公主，都喜欢你

这话我爱听
分享玩具也行

那些王子，都非常高兴
有的给拎水
有的挖沙坑

找昂起头，发号施令
奶奶说，公主温柔
说话就不要大声
我低下头暗想
难道公主是，一声不吭

奶奶和我

奶奶抱我上梳妆台
我的眼睛
在她口红上徘徊

她在我额前
一边画一个，兔子耳朵
是我喜欢的，粉红颜色

又在我两腮，画几条粉线
还涂上个兔唇三瓣

我在她脸上画一月牙
像粉色的西瓜
再用黑色的眉笔
点上瓜瓤
一个个黑点像芝麻

我俩同框，照了张相
兔子张着大嘴
看着西瓜，馋得抓狂

蓝莓树

昨晚下了场雨
奶奶说
趁着土还湿
买些花
种在小院儿里

枯桃
花卉市场很大
有各种
开满枝头的鲜花
看见一棵蓝莓树
结了几颗果

想起家的院里
也有两棵蓝莓树
却光着身子
回去要给它
穿上新衣
让它生几个蓝莓"孩子"

# 好大的风

暴雨裹着大风
把树刮得,歪着头喊疼
我躲在房间里
往外看
树叶在天上飞
鸟儿,不见了踪影

这风暴还能不能停
我担心没在家的爸爸
可要躲起来
千万别站在暴风雨中

再玩一会儿

早晨,妈妈带我
去吃早点
到了中午才吃完

我们不是为
吃早点,是为了
酒店里的,儿童乐园

滑梯,钓鱼,涂鸦
我高兴得,不想回家
妈妈催我快走
我衣服上的,小鹿斑比
却在我耳边说
玩一会儿,再玩一会儿

妈妈的话不对

妈妈说我爱臭美
奶奶说不对
我的宝贝就是美
那是事实
谁也不许说她臭美
听后，我觉得
还是奶奶说得对
这世界可爱
肯定包括是是非非
奶奶说
这就是人生的滋味

52

小
鹿
斑
比

我喜欢小鹿斑比
她聪明.伶俐
长相嘛
说来是无可挑剔

我喜欢
有她图案的上衣
穿上就不愿脱去
她一定有什么魔力

哪怕是睡觉
也会悄悄爬到梦里
和我快乐嬉戏

孩子托

我刚出生
爷爷喜欢
小心抱着
在房间里转

妈妈看了
说，不能这么抱
要托着，孩子的腰
可把爷爷吓坏了

爷爷，不爱说
可他心里却琢磨
我把儿子养得老大
怎么？抱孩子我不会了

爷爷让朋友
在日本捎了个孩子托
是青草般的绿色

这回好，不用考虑对错

直接就把孩子放里面

可以随便

不用管是抱，还是托

# 奶奶的口红

我喜欢口红
好看的小管,可转动
右边拧,探出头
左边拧,就没了影

我喜欢口红
妈妈不让我动
吓我说有毒
抹了会伤着皮肤

我喜欢口红
到奶奶家就不同
奶奶手灵巧
自己做
各种颜色的口红

我喜欢口红
奶奶做的我能用
我常坐上
奶奶家的梳妆台

照镜子

涂奶奶的口红

## 剪掉的头发

我有一头
泛金色的长发
如丝绸般的光滑
有点像爱莎

出生到三岁
我只剪了一次
没剪完,我就后悔
哭闹,捡起
剪掉的头发
让师傅,给我接上

那师傅,哭笑不得
拿出手机说,来
我给你,照个相
看看,我的理
应该和谁,去讲

叫早

昨晚和老当爷爷
约好
今天起床,他叫早
我要去幼儿园
晚了可不行

我睁开眼睛
伸着耳朵用劲听
咋没动静
噢,有了脚步声
磨磨蹭蹭

我假装闭眼
让他不知道我醒
老当来到床前
说,元宝你快听听
小兔子在按门铃

(老当爷爷:孩子对爷爷的昵称)

第一场病

我是九月出生
天也不冷
可我那两个，热心的
姥姥和奶奶，一会儿
说凉，一会儿又怕我挨冻

盖了层棉
一会儿，又加了层单
捂了我一身的汗
弄得我发烧，才算完

外面下着大雨
闪着雷电
我的老当爷爷
陪着她俩
抱紧我去医院

大夫，把包我的被子
一层一层打开
我光着身子

被放在了,大理石台
一个布丝,也不让盖

没一会儿
大大又说,回家吧
以后,可不要给孩子多盖
好孩子,也能捂坏

她俩四目相对
还觉得,很意外
真是我的,亲姥姥
再加个,亲亲的奶奶

装
傻

妈妈看了个,漂亮裙子
说,给元宝买吧!
爸爸在那儿,不搭话

爸爸看了双,漂亮的鞋子
说,给元宝买吧!
妈妈在那儿,也不搭话

我说,买吧! 买吧!
裙子和鞋子都要
可他们两人,都装傻
谁也不说话

我把玩具,扔在那
妈妈说,快收起来
我不说话
爸爸也说,快收起来
我还是不说话
他们俩一起说
元宝,为什么不说话
我说,跟你们学会了装傻

小水滴

我的脚真神奇
踢踢水,浪花掀起
浴缸里花洒下起了雨
我在雨里嬉戏

水滴,不要淋我的头
它很听话
躲开我,往墙上爬

有些疑惑
墙上是出汗了吗
不,像是眼泪
难道是
不小心弄疼了它

老当爷爷

我是两岁的姑娘
扎着辫子
穿着粉色的衣裳

进屋不喊爷爷
张嘴就叫:老当
屋子里的人
笑得前仰后合
我发愣
又萌萌地喊:老当

爷爷问:老当是谁
我说:老当就是老当
可我有些迷茫
没错,老当就是我爷爷
我的爷爷就是老当
为啥,他们笑得如此夸张

伊斯坦布尔餐厅
是个奇怪的名
那儿的人
我没兴趣
有爸爸妈妈就行

伊斯坦布尔餐厅
的确与众不同
我不在乎
烤肉是哪种
我关注神奇的灯

墙上挂，桌上摆
美丽的玻璃罩
映出绚丽的彩虹
我是一只蝴蝶
这是夏天的花丛

## 爱莎的蓝裙子

今天我得到一件礼物
爱莎的蓝裙
我把它放在手心
推开的是梦想大门

爱莎的裙子上
还有一个长长的披风
它就是我的翅膀
带我穿越
蓝色的天空，蓝色的梦

我穿爱莎的服装
但我不是她
走进我的童话
我就是女王爱莎

我的梦乡

昨晚
和小兔子游戏
今早
它便躺在笼子里
不再呼吸

我叫
奶奶快给它喝水
快找些药，给它吃
我大声地哭泣

奶奶说，别哭
它原本住在月亮上
这儿是它的梦乡

找个漂亮纸盒，放进去
亲爱的小兔子
被埋进了土里

我想不明白
问奶奶，月亮
是不是，我的梦乡

王子去了哪里

和爸爸去大海，游泳
我带着一个，漂亮的墨镜
穿上可爱的泳衣
和爸爸　起，站在水里

大海的嘴巴
离岸边一定很近
要不，海边的水怎会
一会儿吐出
一会儿又被吸进

站在海边，发现
我和海，一起呼吸
爸爸说，我是公主
是从前海里的美人鱼

我问爸爸，你知不知道
谁是，我的英俊王子
王子，他又去了哪里

69

小马宝莉

用积木搭个城堡
给小马宝莉

我问奶奶
城堡漂不漂亮
她说，漂亮是漂亮
就是，大门去了哪里

小马宝莉有翅膀
她飞进来，飞出去
门，没有意义
奶奶点头说
噢！还真是这个理

慢
慢
想

那天周日
奶奶带我去南山市场

奶奶你看
这个小兔了的,身体
躲进了,棉花球里
只露,眼睛和鼻子

奶奶你看
它转来转去是,着急
我们要帮它,逃出去

奶奶问,怎么帮呀
我说,先领回家
我慢慢地,想办法

长大都知道

午觉，睡不着
我求奶奶
讲个睡前故事

她说，从前的小矮人
你知道，他们为什么长得小
告诉你吧，他们不爱睡午觉

白雪公主长得漂亮
是因为，她每天都睡午觉

我闭眼睛听，心里想
长大真好，什么都知道

## 爱我的阳光

早晨，我还没睡醒
太阳就从，窗帘缝中
伸进，软软的胡须
轻轻挠，我的眼皮
它不说话，我也知道
是催我快点起床
看我昨晚长没长个
太阳知道我每天的情况
可妈妈总说
你个子怎么还是那样
头发倒是没少长

演戏

晚上，在奶奶家玩
又蹦又跳
快活得，不得了
她喊宝宝，快来洗澡

我忽然发现
腿上破了块小皮
立马，大声哭泣
快！给我拿爱莎贴纸

奶奶说，你可真行
又能装傻，又会演戏

我装着听不懂
管她说的，是什么意思
只喊，快拿爱莎贴纸

迷茫

昨晚，我有些着凉
今天，鼻涕老长

奶奶说，快回家休息
我说不行，游泳课还没上

她说，找不到上课的地方
我告诉她，就在一个停车场
奶奶看着我
还是一脸的迷茫

我俩找到了
停车场
奶奶
你以后别忘

## 我的毛绒兔子

我的毛绒兔子
是我的"宝贝闺女"
无论去哪
她都要我抱着

我的毛绒兔子
是我的"宝贝闺女"
一会儿见不到
我都会,哭泣

我的毛绒兔子
是我的"宝贝闺女"
白天她和我玩耍
晚上我抱她去月亮里

我的毛绒兔子
是我的"宝贝闺女"
我们日夜在一起
形影不离

生病

我在生病
可病是个什么东西
它是一个人
还是有个组织

这会儿它
藏在了哪里
吃了药
希望可以
把它赶出去

想爸爸

爸爸刚走
我就好难受

一群"坏蛋"
趁机也来捣乱
在头里点火
挠着喉咙
我哭，喊着痛
热时，我脸儿红
一会儿又冷

视频中的爸爸
一边比画
一边着急
数着手指说三天回来
我说，行行行

没一会儿
我有些后悔，因为
掰着手指
算不出三天的长度

放蚊子回家

奶奶
今晚我不走
睡觉时手拉手

可是要小心
蚊子说找你玩
千万别相信

蚊子会骗人
经常和我亲近
咬了人就躲

妈妈说
蚊子从不认错
见到要打死

奶奶
你要是见了
抓住后扔出去
蚊子小，不懂事

# 奶奶去非洲

奶奶明天去非洲
我不放心
想不出如何表达
只说
奶奶，今天我不走

你要去好久，可要记住
和伙伴一起走
那儿有狮子和豺狗

动物会咬人
看到就要把它赶走
赶不走就要快跑
千万不要停留

要是看见小兔子
可别赶走，你知道
那是我最好的朋友
替我给它问候

可是奶奶
我还是舍不得
真想，你别走

# 我的小床

奶奶，我的小床
可不能拆
说不定哪天
我会把朋友领来
说不准
他什么时候就会来

他是很小的小孩
我已经等了很久
我着急
希望他明天就来

鸟儿的歌声

偶尔
我会不由自主地
发出尖叫声

我要把空气震聋
让身边的玩具
发愣

只有奶奶
听不到
她面无表情
难道，她装聋

平时我叫她都应
哪怕是小声

我问奶奶
你没听到我尖叫
她说没有
听到都是鸟儿的歌声

# 美丽的公主

我是美丽的公主
公主都会跳舞
不会就要学
无论是难还是苦

我是美丽的公主
必须学会跳舞
挺胸，直背
才配做美丽的公主

不听话的奶奶

金鼎商场
有大大的蹦床
我个子虽小
但跳起
就长了老高

奶奶也跳
我说，你别跳
小心你的腰和腿
奶奶不听话
总让我把心操

# 火炬冰淇淋

百丽广场
名字真好听
它也是一个符号
爸爸常在那儿
那儿有
红黄蓝各色的
小小的火炬

只要想起百丽
我会更想,更爱
红黄蓝各色的
小小的
甜甜的火炬

夜晚
百丽的灯海
包围了
小小的
甜甜的火炬
它悄悄躲进冰柜

（百丽广场：位于青岛市市南区）

蚊子小妖

蚊帐像个城堡
我带着梦
在里面尽情逍遥

谁想那天
躲进个小妖
它使出了魔法
我的皮肤
鼓起好几个大包

第二天早神经分分
告诉奶奶个秘密
就是刚刚
我看见了小妖
它咬我一口
也咬了你
然后飞了出去

它又去了楼下
肯定是

咬老奶奶和爷爷
我们快看看去

奶奶说
这个小妖像个杀手
想想是谁派来的

我一阵沉思
是我妈妈？
对，一定是她
她把"杀手"派到这里

奶奶只笑不语
一会儿指指我鼻子
小声说
我也看见小妖了
她就在这里

# 第三篇　戴月·圆

尘埃

空中的尘埃
雨落时传来音讯
每粒
都是倒影
日日奔波
存在，是所有的理由
偶尔，也可惊醒
融入深土时
世界，将会变得清净

或许，从没有过生命
当雪覆盖大地
尘埃，无所谓
等待，无所谓未来

当暮年来临

悄悄地来
娴熟的手指在
眼角，额头
织成一道道线
是霜雪，挑染了清纯
疾风推不动
步履摇曳的蹒跚
远来消息
如微风，轻轻淡淡
旧日光华不再
利禄功名，渐行渐远
无心追赶
童年的歌，萦绕耳畔
闲坐窗前
天地，变得深沉
不似当年
望落霞，虚门半掩

# 朗园

朗园,多好听
年轮穿上了花鞋子
踩出彩色的琉璃

椅子伸直腰
试着往桌子上跳

我来这,不为咖啡
也不为酒,只为
找旧时光,牵牵手

又去朗园
蜘蛛在装修
老鼠,蟑螂掀砖
屋里乱作一团

灰尘躺在桌椅上
嚷嚷着
这儿,我就是老板
苍蝇脚下
蹬着好多个甜甜圈

(朗园:青岛曾经的咖啡馆)

相同与不同

一个是
被怒涛撕扯
一个是
被星月抚慰
相距不远
同在夜晚发生

一个痛
拼命挣脱
一个静
安然入梦
没有相约
又同时遇见黎明

台风登陆

暮雨正潇潇
倦鸟急急归巢

乌云渐沉
海川跌宕掀狂潮

说是,台风登陆
便引得,天地飘摇

最后绝尘而去
谁知它,还来否

玫瑰

抚摸深秋的玫瑰
手指竟被刺破
滴出血
再涂抹回失色的花瓣

她在发抖
别怕
头埋进我的胸口

夜晚
云遮住星星
没有月亮
萤火虫陪她说话

蓦然回首

东风起
吹皱浅夜,寒意
宿雪抚尘
旧岁消磨尽
柳枝头,飞花絮

又相逢
叙得月沉,星稀
再忆年少
玉宇傲天骄
蓦回首,秋霜袭

雨低诉,风惆怅
花泪点点自成殇
露成霜

潮落水微凉
鳞翔底,羽低翔
乱石纷纷苦思量
岸成荒

近海沉雾凉
蚁无踪,草凄黄
车马声碎断人肠
乌云荡

寂寞青衫凉
故土亲,梦影长
悠悠情思归故乡
篝火旁

闲
愁

西窗雨
滴落，闲绪如斯
孤灯残照
年光已向晚来
万木萧萧
片片，屈指可数

作别狗儿壮壮

你走时
雨送了一程
风站在泪水背后
扯不断雨线
也堵不住泪泉

一路东北
身着白色长绒外套
高昂的颈项
展现了你的骄傲

只是命运
无端改动了剧本
偷换了主角
让人追思切切
余情·袅袅萦绕

坚
持

人心，藏着惰字
惰，太容易
眯起眼睛便可
生出"巧思"，飞去千里

坚毅，直直地站立
在惰看来
顽强，坚持
就是在
傻傻地，发着"牛脾气"

不经意，目触蓝天
几片白色云伞
撩动山巅，柔情款款
悠悠然然

眼眸不转，怕错过
只缘遇见
再看，不是云伞
是昙花一现
是雾帘，不妖不艳

仅此一面，还没寒暄
便挥手不见
时间太瘦，前缘太浅
怨我的眼线不能
一头系住山巅
一头系住云伞
成全它们今世相恋

墙


房门很窄
邻着小小的窗
想,看更远
目光却无力洞穿
门前,厚厚的墙

天上飘过云朵
地下生出了蛊惑
我是个孩子
总爱踩着灰色的幻想
迷惘，张望

想和云，和山，和水
还有我自己
想和所有的影子
在夕阳下牵手

我是个孩子
没有硕大的臂膀
抱不住，流转的时光

我没办法阻止空中
飘过云朵
我苍白而脆弱
总被地下的灰色蛊惑

# 黄山挑夫

褴褛的衣衫
露出肩上老茧
吱嘎的竹竿
拨弄走调的琴弦

一颗颗水晶
钻出偾张的毛孔
那不是毛孔
是流着泪的眼睛
那些眼睛
不看周围的风景
那些水晶
一颗颗跳向石阶
是要安慰
被石阶磨烂的鞋

磨
砺

世上
原有无数条路
可遇见了你
就剩下了一条

用尽所有解数
粗狂，无理
直至穷极

一种情绪
守候的自律
躲不开的磨砺
在杂乱中
迷茫，彷徨

把剑柄送你
以为，削落繁花
可得些清凉

难觅心中的自己
千山万水
陪着孤独走过

走在雨夜里

夜里雨在下
任凭它,打湿头发
我,不撑开雨伞
只因要看
哪有,落泪的眼睛
想听清,哪里
传来的,呜咽声
我要用手里
这把黑色的雨伞
挡住,病痛和时间

再
见

十五年
送你走了
我却留在原来的
那片园

再见
挥手告别，送上祝愿
我们说，不要再见

那片园中
只剩下我
为你的禾苗流汗
你的确，再也不见

医院的大楼

夜深了
大地盖上了黑色的被子
在你的灯光里
投下泪滴

夜深了
大地盖上了黑色的被子
在你的窗子里
拥挤出叹息

夜深了
大地盖上了黑色的被子
你把大门敞开
不敢关闭

夜深了
大地盖上了黑色的被子
黑夜把生死
深深藏进怀里
要你甄别
考验决绝的能力

我们去远方
看风景
你说
不要走大路
车马人少
红尘过于喧嚣

我们去远方
看风景
你说
不用带行囊
山高水远
会有迷人芳草

我们去远方
看风景
走了很久
却忘了风景
从黎明走到月夜
只顾步履匆匆

轻
轻

夕阳沉
北风冷
垂柳丝丝怜自影
未闻叶落声

人生路
且慢行
镜中花儿月水中
来去恍如梦

当下，忙是时尚
孩子，见不到星月
错过了阳光
被系在未来坐标旁
孤独的哀伤

年轻人
佝偻单薄的肩膀
争抢去扛沉重的车子房子
挤出精力
跳进井里的虚网

## 阳光与病房

阳光
爱敲病房的窗
用金色的笔墨
谱写乐章,请希望弹唱

很忙,偶尔会遗忘
病房就变得阴冷
绝望,便如野马脱缰

我想,以后早起床
第一时间把它请来
赶走绝望

站在原地
不动
看不见雨
更看不见风

树影婆娑
是爱的精灵
竟生相许的冲动

请别多情
它亮的是心灯
自己照明
只为参禅修行

## 追不回的 2017

剪下 2017,贴上墙
转瞬泛黄
就像从前的岁月
猪圈也贴着六畜兴旺
门楣,写福禄绵长

高低的房脊
矮矮的窗
树木春春发芽
草地秋秋枯黄

小时,恨日子慢
嫌日月长
过着,过着
消逝了时光

走的,不再回来
老的,鬓如霜
顾不得,话沧桑

追不回的 2017
飞来的 2018
谁能拉住岁月脚步
攥得住地老天荒

希望

我有一方露台
一边
待日出喷薄
一边
唤暮雨欢歌
中间栽棵，参天梧桐
引凤翔绕阁

我有一方露台
一边
鱼龙可游
一边
耕耘春秋
中间，筑起高塔接天
守岁月悠悠

我多想

多想写出海的身形
可一提笔就错
她太智慧，太细腻
每条闪烁的波纹
都有完整的脉络

多想画出海的容颜
可总缺少颜色
她太神秘，太莫测
每丝不经意的表情
都出自岁月打磨

多想唱出海的拼搏
没等开口就失声
她太强大，太辽阔
每个浪涛的起落
都是高亢，无畏的歌

117

# 两只蝴蝶

园中，一朵花
蝴蝶，闻香来
一只亲吻脸
一只藏花下
西飞马连燕
见花若未见
转头又向东
双蝶呆呆看

诗
的
驿
动

游荡在天空
随着轻风
去看海
忽而，又去了山峰

有时，她哪都不去
就躲在胸怀里
或是爱，或是痛
如潮汐般的驿动

# 夜晚的涛声

远处的涛声
被疾驰的车鸣
一次次撕裂
卷挟起，阵阵疼痛

房中律动的涛声
歌如夜莺
伊人枕着入梦
梦幻着蓝色的柔情

假如闭上双眼
我绝不眷恋
因为，我把所有的爱
已奉献给了春天

假如可以再睁开双眼
我绝不寻找从前
我会用石头凿出火
把梦熊熊点燃

假如没有了双眼
我就放声歌唱
唱出心中的碧海蓝天
我坚持自己的信念

喜鹊

登上铁塔
阳光为它精心
梳理着羽毛
它向前久久凝望

白色的云雾
天海连成一片
没有缝隙
它呆呆地思考

铁塔间有它的巢
嘴角微微匿笑
动了几下
麻木的翅膀和脚

一个俯冲疾飞
没人知道,这会儿
它又去哪里,逍遥
但愿记得,它的巢

退潮的夜晚

风用力推着海水
向岸边前行
不计岁月,总是

退潮,风仍在推
海却裸出礁石
就像是微型的
山脉,楼宇

大小的涠辙
就是一个个
小小的,小小的
海子,里面玩耍着
沙蟹,小鱼

海滩的沙,变硬
戈壁的纹络
由风来设计

然后,夜为海
盖上墨色的被子
弯月抚着摇篮
海匀匀地呼吸,睡去

朵朵浪花跳起时
也许,只是为抚摸
海鸥白色的羽翼

潮汐来临时
嗅着月亮气息
像在母亲的怀里

时常也淘气
把玩具扔在海滩
置之不理

忽而又成了
乖乖女
用纤指整理着
她湛蓝色的裙子

写诗

从前
见几个字一行的
便以为是诗

从此
便开始了写
每行只几个字

后来
写多时
像在大脑里抽丝
把丝编成
喜欢的样子

再后来
写完放在唇边
轻轻地吹
确定能飞起的
是诗

飞不起来的
是字

于是
翻了翻
写过的一叠叠纸
没有一个能飞
真是遗憾
只好把那些字
放到
旧旧的竹篮里

相
应

远行
载两船轻风
归来
留一对恋影
手牵手
你呼，我应

迷雾在天地间膨胀
怒涛击岸嫌大海太小

萌动的春，生机勃发
以为可将云朵摘下

转眼就几十年
雾散了，海还在那儿

四季更迭，草木依然
只是一场梦的心愿

女孩

女孩
眼睛写着
羞羞的神情
纤细的腰肢
走路轻轻

女孩
脸上印着
微微的粉红
她长发披肩
默默无声

一个女孩
戴着
青春的草帽
迷醉了风
美落了云影

城市的夜灯
原本只为行人照路
静不作声
总是很寂寞

见人走过
便满眼柔情
拉着衣襟
落下长长的影

夜晚城市的灯
不觉中已换成霓虹
心不再孤独
似有春心萌动
流光溢彩风情万种

城市的灯,不再钟情
粉红色的回忆
多些未来的憧憬

# 一场雨

盼一场雨
却来了大大的冰雹
伴着飞沙走石

哪还是雨
分明是怒吼的台风

试着用淋湿的笔
写出滂沱的诗句
可发现笔仍旧干涩

雨下了一夜
砸坏了庄稼，敲碎
了许多玻璃
砸乱了一纸文字

或许与雨无关
抑或心旱得太久
在雨里洗过
太阳下晾
让风慰藉，缕缕情思

春天在哪儿

穿越冬季的叶子
吹绿柳林
走进樱花的怀里
你轻吻着
岁月的光影
你挽起
大海的激情
投入夏的火热
安抚秋的深沉
在季节中从未离开

# 第四篇　戴月·返

崂
山

我许是，几世前
山里一枚枫叶，或为
霜浸得冷
印脸上淡淡的红
花儿开落，往复
谁还能记得
是哪一季，峰高涧低

知生灭只在一息
随意天地
说留便留，想去
便去的是神仙
见僧侣云游
面壁，是求通天路

不走了，就坐等轮回
没有青莲，倚山岩
看空花盈目，卧石旁树间
待日暮，星稀月不语
叶落成冢，再寻云梯处

说崂山

说有登天的梯
鸟儿留意细细觅
云落山间,烟雨弥

说有不老的草
莺儿挂心悄悄找
月朦风动,枝乱摇

说有得道的僧
亦如空谷留遗风
石扉禁闭,菩提影

说有羽化的仙
往来云雾缥缈间
若即若离,聚又散

侍茶

先生喜茶
退休，越发倾心
常台前侍茶

出差在外
想家，第一
是先生泡的茶

走过老龙井
路过武夷山
几十年的"老班章"
但仔细品
先生泡的茶最香

摆弄杯盘壶器
轻抬慢落
就一个茶匙
在他手上也灵动

茶量，水温，出汤
不同的茶
不同的风光

先生说
侍茶的态度
决定生活的温度

夜深了
老张，侧躺在床
亮灯下翻弄着手机
忽而，听到鼾声
悄悄地，走到床头
轻手关灯

老张，睁开了眼睛
说没睡，只是半梦半醒
唉！这哪像长者
分明是，没长大的顽童

# 月夜如歌

柔柔的月儿醉了
摇晃着
沉入湖心，云霓
素手相牵
乱了蓝色的水面

石下的游鱼
偷眼张望
引绿荷珠落
惊扰了胆小的月光

星星不停地眨眼
梦在枝头叶悄悄

告别昨天
扔掉枷锁般的沉疴
听，风在唱歌
路在邀请
我的血，仍鲜沽

告别昨天
画出光阴流过的样子
还要记住，每个
日晖月影曾经来过

今天
我要成为春风
缠绕水边的青草
吹柳发飘飘
招惹蝉鸣，鸟叫

我要褪去矫饰
赤裸着
回到自然的怀抱里

要在门前种下
望不到边的玫瑰
邀请,所有经过的人

给昨天写一封长信
告诉昨天
今天,明天会更好

我要感谢,生命
和生命里收获的伤痛
感谢,陪我
走过的山川大河

转告
离去的,愿有再相逢
祝一路走好
感谢
经过的风景
伴我一程,又一程

海棠正红
槐叶已泛黄
一朴香茗
醉了　屋时光

禅静默
妙音飘远方
天高了
云带来了秋凉

我
和
星
星

那夜,在露台
悄悄约定
我讲故事,给你
你送我,水样的宁静
你指尖,拨弄
秋霜驻守的,银丝
我让风,掀开
脸庞轻纱,夜幕帘蓬
叠起来路当纸
取岁月的褶皱,作笔
就写,我与你

蓝色眼罩

偶然
我得到个蓝色眼罩
长得小巧

她随时
蒙上太阳的眼睛
抹去灯光

她和我
每夜游过漆黑
随后
再把时间撕碎

恣意拼接
镶嵌自己在碎片里

# 动
# 静

雪下了整整一夜
掩去黑色
铺开洁净的雪纸
写上冷寂

龙爪槐用几根
系着绿头花的发辫
在风中垂钓
树下的几株枯草

高大的松
微晃着羽翅
展示她
新做的闪银光外套

小鸟飞出巢
用灵巧的脚趾
快乐地蹦跳
在雪做的纸上
画自己喜欢的符号

流连忘返

幽谷吹过风
捡寒霜，挑染秋山
随小船驶向彼岸

晨光微微
远处，天海一线
浮云如朵朵青莲
待一场清欢

沙漠深处
古道驼铃叮当
一路蓝色的变迁

纵有
雷霆般的壮怀
挡不住
浩浩乾坤轮转

旧时光

岁月
没有开始和结尾
因为太长
总容易被人弄碎

清醒时
剪下忧伤
不是怕
是不想遗忘

我要把成熟的种子
埋入大地
太阳负责它的成长

轮转
不停，用一生
不厌其烦

海浪
进退有序从占至今
没完

四季循环往复
日月交互
易变

天地本来无常
背生向死
若幻

手机

手机
21 世纪里的神器

想给朋友写信
祝他们万事如意
手机
隔空可寄千万里
惊讶的风
停在那里发愣

想和朋友见面
安抚我的思念
手机
隔空就可送去音容
星星看呆了
不由地屏住呼吸

我是一朵晶莹的雪花
曾相约
你从地平线出发
我便从空中飘下

我们就在
这个节日相遇
在这乔迁的新居
门楣上
喜鹊的羽毛中融化

我是一粒深情的种子
曾相约
你从我身边吹过
我便从土里发芽

我们就在
这个节日相遇
就在这乔迁的新居

在门前
翘首人的身边开花

亲情，友情，爱情
环绕成了一棵
丰茂的青藤，一手
攀缘向上
一手，握住阳光

（记小妹乔迁）

# 朦胧

山朦胧，是意境
水朦胧，是心情
人朦胧，是不想看透
诗朦胧，是不愿说明

缘

手无形
一锤一锤地敲
玉碎，瓦裂

世俗
贪婪地追赶
红尘
欲望也不肯停歇

愚痴
把善念磨薄
雷电闪过
人性便可失守
从山巅跌落深谷

日暮
云烟尽散
风策马而去
一切如故
什么都没有发生

# 惦记

日子太快
转眼，青丝不再

人心太忙
抓狂的欲望冲撞

沉浮于世间
即便相知，亲密
也要，面对别离

此情，没变
也没遗忘，无奈
是忙？少了交集

累了不说
学会了隐忍
快乐难寻

偶尔想起
或相聚梦里

是的，从未忘记

许久，没联系
但未走出过我心里
亲爱的，从没
忘记相遇，相知

即便困倦，挣扎着
撑开，迷离的双眼
目光拉住笔尖
在抬起的脚印处
画上隔点

一次次，把心灯点燃
用光明铸成，刀剪
时间，被裁成方圆
给梦和醒，各分一半

新春吉祥

亲爱的
2019 年的春节
不知你是在冰封的北国
享受凛冽的风雪
还是在温柔的江南
徜徉烟雨的柔情

虽然我的目光
无法触及你的身影
但我听到了
春风为我传来
你因幸福而吟唱的轻歌
你因快乐而流淌的笑声

亲爱的
虽然我的目光
无法触及你的身影
但我已在
心中建了一座日不落的城
那座城不设门

因为那，没有人进出
珍藏的是，我对你
对我所有的挚爱亲朋
深深的思念和美好祝愿

思

趁太阳初升
我要把它塞进
深海里五光十色的
珊瑚虫腹中

随着光影的变化
它开始躁动
努力、上进、向前
很明显，它有水的脉络
太阳的热情
有争高直指的冲动

我把它的膨胀剪碎
搓成一粒新种
塞进每个珊瑚虫腹中

太阳消耗尽能量
一转身，就闭上眼睛
水摇晃鱼儿的梦
而它便成了，黑洞
又带着潮湿归于宁静

起雾了
白茫茫的空间
虫鸟躲藏
不再音声喧喧

草木想要抖落
白色的水浆
风儿只和浪周旋
无意岸边

马达用力撕扯
行动也变得迟缓
蜗牛暗自心欢

太阳努力睁着
睁不开的眼远看
云趁乱来逛逛人间

# 回到来的地方

总能看到
情在世间缠绕
总能见到
爱在心中燃烧

快逃
别被绳索禁锢
身陷囹圄
别助火焰焚烧
灼痛煎熬

淋一场晨雨吧
来得刚刚好
洗去身心羁绊
愿带着诗和清凉
回到来的地方

咖啡味道

苦苦的咖啡
掀起夜的衣角
思绪爬上了树梢
揉了揉
星光的睫毛

夜换了浅色外套
睡意被唱歌的知了
推进墙角
我和月亮一起
回味着浓香的味道

苦苦的咖啡
送走黑黑的昨夜
偷走了困倦
思绪掉进
冗长的寂寥空间

游
戏

太阳，月亮
踩着节拍
追逐，嬉戏
让四季
爬上我的额头
堆起了
凸凹不平的褶皱
它们不胜欢喜
我不知道
应该如何感激

春来刚好

春来,刚好
一簇鹅黄
落春之眼角
可期,红粉
是处香雾飘飘

雪底败叶
旧香冢
已是浓肥新泥
蝉音,蝶翅
只待得
歌舞霓裳羽衣

趁梦未了
捡寒枝
赏山高,水底
浮云一抹
听春细语悄悄

静静的小路

清晨的石板路
悠然曲婉
秋风碰到了矮树墙
偶尔回头张望
落叶写了一封封情书
要风帮他带走

微雨为每个小草
戴上一顶水晶王冠
路边的野花
沐浴梳妆
我轻轻地经过
水洗的石板路
不敢发出一点点声响

漂泊

山戴上了
软软的薄纱帽
海唱着
鱼儿熟悉的歌谣

蔷薇
在篱笆上编织
偶尔探出头，看看
惊艳的羽毛
在白云下，舞蹈

我拉着风
紧系住漂泊
曾在这
停下，歇了歇脚

仲夏观凌霄花有感

攀墙附枝
生长又至新时
俏红正当高处
如丹霞陨落
浪漫无度
引回眸无数

登高临远
意在鸿鹄千里
若有一虹飞起
亦有
攀高入琼宇之志

静月吟

云霓如花
月夜，柔情若水
苍穹之昂
河汉，群星隐退
银殿浮金
浅辉，流泻疏廊
夜风低吟
拢红袖，藏桂香

秋天的玫瑰

玫瑰
轻弯着腰
发丝不停地掉

可她还
拉着风的手
说，你看
我是真的没老

见过的
有的人想哭
有的人却想笑

时间在此沉醉
朗园
咖啡杳馨四溢

窗棂上
镌刻了百年印记
岁月光彩
昨日的浪漫依稀

轻歌婉转
云月开合的旋律
杯中温热
亲吻清冷的冬季
流浪的甘苦
化作吴侬软语

# 婚礼沙画

一捧沙
合天地琴瑟
音符
从纤指尖流出
漫步
朝霞幻化
簇簇并蒂莲花
罗曼庭
堆满白首牵挂

入童话
迎亲仪仗
王子骑高头马
蹄声嘀嗒
公主一手合欢
锦纱
衣裙婀娜舞转
颗颗沙
闪烁耀耀光华

（写于儿子婚礼）

172

琴瑟随心

春光，打碎晨梦
花开正红
她却藏在角落
躲避蝶蜂

鸟儿把，琴弦拨弄
舒缓，奔腾
妙音洗过心境

书，流出香风
一页，一摇
纸上密密的印记
无法，读懂

假期，触琴听音
捡拾些，昔年碎梦

又回威海

云似飞花
大路迢迢尽可达
丰草翠欲滴
只道我家在天涯

浮生浸百味
味味甘苦嗅可察
天光尚未晚
归途碧水映朱华

莫高窟

大漠空旷，去何方
掬一捧黄沙随风抛扬
亦相识，闻铃响

蝉翼飘过古道
鲜亮宝石装点屏墙

众门开启一扇
奢华，惹世惊慌

群神飞天栩栩
仙歌，熏醉舞霓裳

堆金翠，锦雕
至尊千佛，浮莲
芸芸，菩提枝叶长

天门封，仙未散
笙箫仍旧，咏唱吉祥

175

当暮年来临

悄悄地来
娴熟的手指在
眼角，额头
织成一道道线

是霜雪，挑染了清纯
疾风推不动
步履摇曳的蹒跚

远来消息
如微风，轻轻淡淡
旧日光华不再
利禄功名，渐行渐远
无心追赶

童年，萦绕耳畔
闲坐窗前
天地，深沉
不似当年
望落霞，虚门半掩

寻纠缠的量子
它在浩瀚中来去
是必然？
还是随机相遇
是否遇到了
让光弯曲的物质
世界光怪陆离
静守着
夜深，灯幽，独自
窗外，嘀嗒，碎雨
风在说，我无语

## 带你去流浪

流浪,是离家
交给空间
彻底抛弃怀抱

风,把我带上
我是种子
流浪,催生韧芽
淡定叶子
开出,豁达的花

云儿,是我坐骑
住,长霜花的山脚下
雪山,嘘寒问暖
我不冷,不怕
隔壁是神圣的布达拉

众山之王,珠穆朗玛
头顶,雪白的桂冠
千山万壑仰望
朝拜,愿长在此停下

不丹

闻佛国，想去看看
踏上，它的土地
心就生出了，爱恋

觉者的家园
不见欲望，名利场
古老的风，没变
房檐上
仍画着从前的图案

老人，追逐着太阳
孩子，清澈
年轻人，神态安闲

牛马田间
猫狗，随处可见
一群群，硕大的鱼儿
随波缓游
谁也不去争先

窄窄的路，人车相让
没有匆忙，流浪
和慌张，没见环佩叮当

这里的每寸土地
每个生命
脸上都泛着安详

（写于不丹）

站在时空的长廊里
回溯，寻曾经的自己
见那有无数的人
都沉浸在
自己此刻的世界里

从她们身旁走过
每个，都认识
激动不已
都是，曾经的我自己

以为她们和我一样
因亲密而思念
完全错了，见我
她们全然没有兴趣

或许，她们忘记了
我大声喊自己的名字
有人些的我回头
小的那些，却理也不理

想起

我曾叫过好多个名字

所有被我一一叫过

终于看到

她们渐渐聚在一起


我说

我就是曾经的你们

她们很冷静

提出好多问题


为什么我们还留在这

为什么我们没在一起

你可以回来住下吗

你可否带我们去你那里


我说

我只是曾经的你们

她们齐声道

这里没有人是你

说罢，散去

是啊
要是哪天，我不得不停下
从我身体里走出的人
似乎是和我没什么关系

我曾经恋恋不舍，追忆
到底有何意义
此时，我泪流如雨

孤独的我，久久地
在空旷的时空里，伫立

## 影子

它对我说
从未得过到公平

太阳总是清醒
光在每棵树上经停

树却把光，留给自己
地面却遗落
时时变幻的影

我用力眨着眼睛
却也想不出，影子
该如何才能
抚摸，触碰到光明

白色的贝壳

我有个愿望
想到海边捡些许
白色的贝壳
它们像银色的硬币

要把它们
集合在沙滩上
和太阳比一比
谁更鲜亮

我知道
海边没有银色硬币
银色藏在贝壳里
贝壳换不了硬币
也换不了
漂亮的花衣

那天，我梦见了
白色的贝壳
真的可以

换银色的硬币
还换了些漂亮的花衣

好多人
堆着贝壳和硬币
站在上面跳得用力
说要抓住
别人抓不住的东西

我可不要
那些没用的东西
我只喜欢白色的贝壳
看起来,像银色的硬币

我愿是孤独的行者
世上每个角落
都想用脚步去触摸

从山坡的土屋出发
沿着弯曲的小河
听久远的洪荒述说

不在乎是无人沙漠
或是布满虫蛇的沼泽
倘若有个钟情我的僻壤
也会为她尽情地放歌

剪下每片经历的掠影
汇聚梦的长河
梦的长河从不干涩

# 走进非洲

被银色的大鹏鸟吐出
它吐出,吞食的人
还吐出了
吞食的,所有包裹

谁打翻了墨盒
天上的星,地下的灯
看起来赢弱,但要知道
那可是,明天的火种

尽可能用衣物
护住脸,护住身体
担心狡猾的风
装扮成,迎接的弟兄
乘夜蘸着浓墨
把黄色的皮肤,刷抹成
非洲黑亮亮的颜色

远行

从出发
到目的地
好远呵
不知撕开了
多少动物的疆域

幸好有
太阳和月亮
默默交替
把温柔的手
伸进窗子
安抚躁动的空气

时钟，大摇大摆
把一段光阴
藏进它的衣袖里
不紧不慢地说
别急，等回去
再还给你

## 假如，我的生命……

假如我的生命还剩下一天
希望是在秋天
我将伏案奋笔
写下叶对树的恋

我要写出音符
去安抚每个慌张的落叶
和它们一起
随着秋天的风和雨
亲吻脚下的土地

假如我的生命还剩下一年
希望拿出整个春天
在灵魂深处挖掘
找出我所有能找出的信念

我要让每一个信念
去陪伴每一寸深邃的土地
和它们一起
随春天欢快的舞步

围绕着新芽旋转

假如我的生命是永无止境
希望留下原有的一生
把剩下的永无止境
献给雨,献给雪,献给风
可以忽略自己
让这个星球成为永恒

拥
抱

白驹过隙之间

就从童年,到了暮年

转身,并不华丽

还略显羁绊

本想做一番大事

可慧残,智浅

名不可垂青史

更指点不了,江山

只落个饮食男女

一路低头向钱

没什么,可圈点

算了,就做个平凡人吧

积攒些,过夜粮

种菜,做饭,洗碗

爱所有的,亲人

珍惜,每位老友

通话,见面

不留遗憾

剩下的就是

把慈悲，献给所有生灵
把感恩，献给所得
真爱，今生有缘相遇见
打理好，屈指的时间
去拥抱人海，拥抱蓝天

荷画填词

荷花,芙蓉,清莲
再说朱华,红菡萏
名繁,意境婉转
钻开了,脑洞
放大张张图片
高洁,天真,自然
不娇,不艳
搜索一切与之相关
微合佛眼,菩提禅缘
瑶台雾起,萃香含烟
悲悯,慈航,善念
朦胧池中色
疑若莲步入江南
玉叶红粉,妙接云天

水缓缓地远去
而我正从远方追回记忆
水上的薄雾轻轻聚拢
有如我飘荡的思绪
天边的晚霞
似初开情窦的脸儿绯红
掩映在柔波之中
江边的芳草
摇曳着碧绿的倩影
不，那不是倩影
那是我一直追逐的流星

借岸上的条条枝柳
在轻风微抚的江畔垂勾
钓出蓬勃的青春
再把青春还给爱情
云儿为我抛下细密的网
每丝感动都不能错过
把感动挂在星空
融入我思念故乡的魂梦

# 第五篇　戴月·远

遥远、祖先
一路跋涉
唯有鲜血记得

一代，一代
茅屋寒舍
听，风儿诉说

家园，变迁
源于自然或烽烟
日月可鉴

门庭，洒杯烈酒
燃炷高香，敬拜
列祖列宗
愿荫佑子孙，绵远

## 生命的长河

祖先，山般的气魄
水样的蓬勃
以步为马，双肩当车

崎岖的路
双脚丈量出，大地的广阔
用晨曦，燃起炉火

夜晚，炉火也不会熄灭
海要它照亮
生生不息的，生命长河

一弯细月下悬
背负繁星般的苦难
您不哭
双手贴紧诗和书

油灯前，喘息间
若有清风入怀
似见绿水抚心田
黄金屋中，觅洞天

善良

无论，生活
如何潦倒
无论，去哪里
颠沛流离
它始终是您的
全部行囊

灰色的时光
如要抹去希望
即便那样
您仍带着它
笃定信念

# 外婆的故事

您是一隅
深邃的天空
颗颗繁星
是您演绎的故事

星星落下后
变成宝石
宝石被藏进心底

您是一片
浪漫的芳草地
飘香的花朵
是您演绎的故事

花朵结了种子
种子又发芽
长出新枝
开花，结果
循环着美丽的故事

## 还给您一些

外婆
您合上双眼走了
泪雨，告诉我
还给您一些故事
路上陪伴，不会寂寞

外婆
在您，能看到的地方
涂上坛城的颜色
去极乐世界，您说过

在背后的木板上
还您，漫天星光
读过的诗，给您挂上

在您脚下涂上水色
无数只青莲
纤无一尘
印上红字，阿弥陀佛

时空回溯
目睹妈妈的音容
熟悉的院落
自自然然的生活

一群可爱的
鸡，鸭，鹅
在人身后跟着

狗和猪也赶来
围着
一起跳舞，唱歌

别闹啦！等等
时空回旋疲惫的声音
胖猪，聪明
哼哼地闭着眼睛

我很冷
脸上是雨是泪
早已是分辨不清

曙
光

如风在山间穿行
遇有荆棘
也顾不得痛
一群待哺的幼儿
妈妈的慧眼
时时圆睁

冷月如新霜
凄清中，又添凉
握住孤独的撅头
汗水浇出明天的太阳

她说
不要因苦难流泪
苦难，会生出智慧
她看到，闪耀的曙光
落在了片片
希望的翅膀之上

宝藏

妈妈幽深的眼睛
深若天河

夜晚
跳进平静的湖波
爬上一艘小船
月下徜徉，流连

早晨
捡一片羽毛
蘸着晨曦画出太阳
涂描，蓝天

路上
摘下北斗戴在手腕
如高德和百度
随时可阅，可鉴

她的眼睛深邃，明亮
那里有
取之不尽的宝藏

妈妈一直都在

春天
取出对您的爱
放在枝头
有花样的色彩

夏天
戴上您给我的帽子
遮住阳光
跟着溪流，欢歌

秋天
牵出您留下的
自由骏马，骑在胯下

冬天
珍藏所有种子
是您的爱心一颗一颗

一年四季
天天如此，从未
在我们心中离开过

母亲，我无力挽留

您走了很久
我无力挽留
总想给您写封信
可一动笔
就扎心的痛

您走了很久
我无力挽留
总想告诉您我的思念
可嘴还没张
泪就往心里流

您走了很久
我无力挽留
知道您去了天堂
邀您入我梦境
把快乐和幸福带上

一缕风

您的眼睛
闭合了两片花叶
您的从前
便留在了我的世界

您的眼睛
闭合了两片花叶
梦被蝴蝶赶走
失落,宛如一缕风
散乱了婆娑的影

您的眼睛
闭合了两片花叶
迷失了回去的路径
守着您的从前
我默默地数着星星

黎明的一束微光
牵引着
他的名字
在您的
发丝上镌刻

黎明的一束微光
希望
恨不能与之相撞
愿相随地久天长

黎明的一束微光
把您的爱照亮
可他随即
又变成流星
没等他留意您
黑暗便又把他雪藏

黑土地上的母亲

曾守候的
那片黑土地
是她最后的希望

紧紧抓住它
但愿可以挽救梦想

白天,黑夜
幽怨的锹镐
把她的手
磨出,血泡老茧

没有青春闪亮
只想,醒来
看见太阳的光芒

扔不掉,负荷
就背负它去逃离苦海
坚持,再坚持
终唤来天地的良知

妈妈的空碗

那日，您走了
走很远

不是愿意分离
是不忍相见
只为，几粒米的粥
省下您的那碗

姥姥的碗里
总是空空，那是
无以言说的痛

走了，要走很远
很远，找一片
肥沃的土地
播撒许多种子
开出更多的良田

亲人来了
您流的汗珠，长出
丰硕的粮食

妈妈的王子

王子，眉眼帅气
没有白马
只穿件，单薄的风衣
站在
乍暖还寒的初春里

知道，是来接您
有没有马，没关系
情不自禁
飞快地，奔跑过去

您不是，公主
他也，只是您的王子

牵手后，你们
没有幸福地在一起
而是双双成了
生活和儿女的"奴隶"

想把这山踩平
除了双脚
还有肩上的负重

锄头，放下
发现，星星已经回家
腰还没伸
晨曦，奔过来迎接

打开房门
禽畜张着嘴等
厨房的青烟，雾气
团团围住，问
您这一夜去了哪里

孩子们，背上了书包
钟摆便开始，呼叫
上班了，不要迟到

拖着别人的，双腿

沿着,崎岖的山路
走到了山腰

听身后小草,在笑
它们说
我们脚下的山,真高
远处,都可以看到

站在那儿,您气喘吁吁
恨不能,把这山推倒

妈妈有两个馍馍

天啊，怎这般无情
挺着大的肚子
还是，饥肠辘辘
可怜的孩子
不能饷腹
家里老小人多
吃的
不忍往自己嘴里搁
儿子，弟妹还小
父母年老体弱
看上去瘦腰，细脖

喝着西北风上班吧
忽闻到
食堂里的馍馍香飘
实在忍不住诱惑
进屋叫了声，老伯

他看懂您的心思
转身

215

去锅里拿出两个馍馍
塞您一手一个
手心，眼睛都热
被烫成了，流水的河

很久，很久以后
只要看到馍馍
您就如
见到了那个老伯

一块有坡的菜地
被栏栅隔离
分成了南北两地

暴雨，玩捏着软泥
菜的叶子，练着蛙泳
学习水中呼吸
小虫爬进玉米皮

北面
有人冒雨在栏栅旁
把土坝堆上
阻止那下流的雨

南面质疑
水往低处流是公理
你，为什么阻止这水流往你那处的低

北面回答
天下来的水

只该留在自己的土地

雨水,一脸迷茫
不知到底,该去往哪里

妈妈的撅头

如风般在山间穿行
只为巢中的老幼饱腹
不忍错过一丝希望

冷月新霜，淒清
又来添凉，
挥起孤独的撅头
滴下汗水浇灌梦想

笑着，把苦酒咽下
挺起胸膛，坚信
春不会太远
在每片飞雪上
写下坚强，再坚强

思念

一支香
被我慢慢地点燃
烟，盘旋婉转
传去对妈妈的思念

记得那个冬天
您披上那件厚厚的
用白雪做的斗篷
美翻了的惊艳

我偷偷地
把窗上的冰花
用破晓的光
绣在了您的胸前

那天，您走了
我不停地哭
让炊烟拉您的手
问，能否再见

转眼，逝去了流年
我头上的银丝
向您说着，说着
我对您无尽的思念

## 回来吧，妈妈

夜晚，星在眨眼
天地无眠
谁用风的浪漫
扶动四季，轮转

舞梦蹁跹
流星撞翻火山
时空反转
那远航的船
缓缓退向港湾

而我，守在炉前
静静地看
灰烬化为血肉
慢慢复原
是的，可以
见您慈祥的容颜

一直在变
褪去了贫穷，苦难

回到最美的华年
岁月已然安住
不再向后，向前

无尽思念
已磨去所有的怨
留下的是
最纯粹的爱和依恋
依偎在您的怀抱
不只今晚，且长且远

爸爸的果园

屋后的果园
是您童年的天堂

镶嵌在星星上的往事
常被月光,点亮

树下的小木桌
是您学习的地方

树叶,把太阳光遮挡
四季的果实
许是对孤独的补偿

给春天开路的灯笼果
残雪未消,就已赶到
甜甜与酸酸,一直争吵
您总是笑眯眯地说,都好

暖风刚和果树们拥抱
樱桃花就抿嘴偷笑

蜜蜂,蝴蝶,蜻蜓
都来求亲,尽情地献着殷勤

怨那两树红杏,总想出墙
跷着脚向外张望
您会揪住枝干,往回拉
红杏一生气,就跳到地上

不过还真的是,漂亮
桃树长得,妖娆
果实,天生就很骄傲
每天把脸都涂得,白里透粉
让人忍不住,想亲近

天凉了,草叶挂上白霜
树尖张扬的苹果,像是海棠
还不服气,说让您尝尝
咬一口,嚼着沙沙作响

严寒来袭,绿叶已经逃光

龙葵果个个，瞪着眼睛
透过篱笆墙边草丛，窥望
它们无意躲藏，是怕身体被冻僵

再有，那红红的姑娘
大雪覆盖了山川田野
她仍站在雪地里守望
这是替上苍
把一年最厚的爱送上

第六篇 戴月·韵

## 深院月

　　山染墨，树婆娑，清涧溪流水作歌。风雨桥边无暮雨，古墙竹影拟新说。

## 一丝风

　　翠屏峰掩觅桃红，春残夏微烘。崂山北陌花下，泉水泡茗融。　　将日暮，小园空，鸟朦胧。把酒待月，烟楼松风，疑有仙踪。

## 眼儿媚

　　逆风弄海涛不休，银燕那堪愁。知春将去，有无留意？飘若浮鸥。　　莫悲白发夕阳落，数万古风流。轻音一曲，几杯浊酒，新月悠悠。

## 春光好

　　联成对，俏窗花，好人家。鹊喜登梅邀彩霞，叫喳喳。　　夜晚千般烟树，顽童掩耳嘻哈。振翅金鸡行未远，狗还家。

## 醉花间

香锁轻开七色丽,石奇丹彩细。惊现室盈辉,指触染柔腻。　随将书案辟,温脂云水逸,玲珑砾影异。轻衫薄袖夜阑珊,月当楼,星际寂。

## 花山子

禁火寒食恨土凉,前缘零落母恩长。顾盼恍惚人憔悴,泪成行。　魂梦幽悠归故里,炊烟散见小轩窗。慈母手中针线密,借星光。

## 忆江南

椰风暖,三九艳阳间。不羡春来如意客,愿为秋雁复飞南。依岁月流连。

## 河渎神

九水有神踪,崂山仙引儒鸿。淡云明月照石松,曲径无人通幽。　古刹庄严菩提住,道观清净心空。春里飞花飘雪,秋来枫叶彤彤。

## 水仙子

　　南国日烈北来寒，昨夜微醺旧梦牵。宿醉未醒风铃乱，迷雾尘满天。凭栏无语帆远。纤云慢，夕阳间，拂去千般。

## 新念别

　　误入繁华漩处。尘烟重、痴情浓住。忧患愁丝剪又复，少年短，已白首，忍凝顾。
　　古道禅心住。欲清欢、空花盈目。待月明云紫纱素，梵音慢，青莲步，来时路。

## 少年游

　　新来青盖又添霜，寂寞隐僻乡。孤立无邻，孑然放浪，野岸泛青黄。　　垂钓溪水闲日下，禅水静流光。夜来煮酒，依花醉卧，梦故地秋凉。

## 醉桃园

　　山花翠草朝霞路，琴瑟纤弦谁著。夜雨霏凉暗度，醉入清幽谷。　　梦寻童稚情浓处，又见炊烟日暮。窗矮低墙如故，轻唤风同住。

## 凌波曲

　　村溪瘦清,洋鱼潜行,蜂蝶浪舞轻灵。有蝉虫贺鸣。　　疾雨夜倾,溪流骤惊,山烟乱绕升腾,水奔驰纵横。

## 江南春

　　擎天壁,架天梯。夏风云欲散,落雪鹿声稀。谁说楚域热难耐,倒是恩施凉熹焱。

## 阳春曲

　　踏云凌水来溪上。岩马龙腾欲断缰,牛鼻神洞小天窗。寒骤降,黄鹂又绒装。

## 潇湘神

　　溪水凉,溪水凉,傣家靓妹捣衣忙。长夜未央空寂静,隔窗风月瑟潇湘。

## 渔歌子

　　涧水溪流素浪飞,游鱼雾影紧相随。苔藓丽,草迎辉,玄泉垂瀑宿鸟徊。

## 醉妆词

左边坐,右边坐。但见钟针过。右边坐,左边坐。客与舟相错。

## 十六字令

缘。春寄天香锁故园。迷蝶浪,朝暮舞翩跹。

## 梧桐影

积善识,人情故。守诺立身为本真,贪嗔欲重生心蛊。

## 如梦令

又见宵灯初灿,竹爆轻烟闲畔。申去月朦胧,酉唱燕妮歌软。舒卷,舒卷,垂柳婀娜风暖。

## 忆王孙

悠云斜日煮香茗,碧树楼台海弄风。闻道乐禅莺语轻,缘无凭,一叶孤舟天际行。

## 似梦

朦胧旧梦连新梦，晓旭抚窗带紫风。

海路遥摇光乱烁，欲寻细网捕虫萤。

## 正月十五观威海花灯

是夜微凉烟雾薄，相思红豆影婆娑。

汉河未见星眼眨，水岸瑶台泛霞波。

## 云龙地缝

盘古开天日月明，洪荒惊裂震八风。

二三叠纪云龙怒，九六爻摇地缝生。

## 幽居

山中奇异色，挥手不思家。

心有幽居意，结田种谷麻。

## 咏春

闲山无语露香凝，淡抹青葱料峭中。

弄彩梅英阡陌住，溪流款款共春荣。

## 倩梦

茗叶碧袖飘,神轻任意遥。
夜阑修倩梦,晓破风悄悄。

## 春又来

轻风舞落红,春润晓寒轻。
恍若初冬至,寒香邀雪英。

## 送平安

灶君司命帝宫前,道尽人间苦与难。
玉帝慈悲天降瑞,金猪福至送平安。

## 一路安好

一息游断百端休,荣辱兴衰共水流。
若有轮回因果愿,待修缘起再重头。

## 风无语

香鹤腾云月吐辉,青莲抚露颈微垂。
扁舟默默风无语,寂静长天碧水回。

## 十五月圆

萧萧晨雨落岛城，难觅十五雪罩灯。

天遂人愿团圆日，海潮伴得明月升。

## 君子竹

月下竹双影，孤枝玉立亭。

虚怀谦若谷，君子向高升。

## 晚月

寂静秋凉月色朦，忽闻鸿雁断肠声。

一烟轻墨飘天际，两树疏影傲雪风。

## 寻心

风卷云花聚又分，千回百转欲禅魂。

忽如瑶池共滇水，天地悠悠若有心。

## 惜春

树上燕雀争相鸣，笑说行禅人慢行。

远看形似默念状，近知偷眼望风景。

## 剪凡丝

手握禅剪理凡丝，剪断长枝现短枝。
闭目塞耳乐萨度，百洗千荡去愚痴。

## 轩窗

窗外细雨霖，慈禅法喜心。
朦胧青杉影，似有磬钟音。

## 贺新岁

十五又逢潮，行舟枕碧涛。
春晓寒欲尽，新岁沁梅稍。

## 念晚

巴山数夜雨，蜀地睹物亲。
闲茶杯起落，缥缈意未尽。

## 盼雪

听闻岛城袭雪寒，窃喜春有水润田。
但恨三更伶仃絮，晨曦初见化飞烟。

## 陌上花

清颜瑟瑟悲无语，西风微微更添寒。
天地无有无用物，缘来幻化见春山。

## 懒梳妆

伤秋意未尽，身倦懒梳妆。
雪冷又添乱，新疾恋旧床。

## 听法

一域青莲万缕风，风摇莲叶水纹生。
青莲掩口无声响，俯首静心侧耳听。

## 中秋月圆

忽闻香桂霜辉冷，方晓中秋玉镜明。
捡尽寒枝独羁旅，把酒梦断旧时风。

## 崂山春旱

晓日映仙林，风清鸟自来。
子时竹榻依，暖犍绕窗开。

## 玉雪水梦

玉雪梦玲珑，碧云落九重。

池中藏稚子，撩水寻莲蓬。

## 学易

易理天机隐，阴阳入卦宫。

蒙童追利往，大道见中庸。

谁说坎欲袭，震巽竟安息。

此夜乾坤默，楼林盏盏离。

## 悠然南山

山无意聚泉成瀑，水有心云涌影繁。

月寄情风拂万木，参天地本性悠然。

　　这个世界有两个我，一个是真实的，一个是影子，有时合二为一，有时彼此独立。我给她们两个起了相同的名字"弘逸"。弘，是真实，大到没有边际，和世界融为一体；逸，是影子，可以随意来去。

　　我原以为活着一定要有伟大的理想和目的，但遗憾的是，我的人生中没有做出惊天动地的大事。不过，现在的我并不在意！回顾这半生，我除了脚踏实地的工作，还爱祖国万里山河，爱我的亲朋好友，爱美好的诗句。如今，比起惊天动地，我更愿自己的未来，仍流动着浪漫的诗意。

　　　　　　　　　　　　马红达

　　　　　　　　　　　　2019 年 6 月